Edna G. Felix

As Aventuras de Vickie

Chácara Doce Mel

Editora Appris Ltda.
1.ª Edição - Copyright© 2024 da autora
Direitos de Edição Reservados à Editora Appris Ltda.

Nenhuma parte desta obra poderá ser utilizada indevidamente, sem estar de acordo com a Lei nº 9.610/98. Se incorreções forem encontradas, serão de exclusiva responsabilidade de seus organizadores. Foi realizado o Depósito Legal na Fundação Biblioteca Nacional, de acordo com as Leis nºs 10.994, de 14/12/2004, e 12.192, de 14/01/2010.

Catalogação na Fonte
Elaborado por: Josefina A. S. Guedes
Bibliotecária CRB 9/870

F316a 2024 2024	Felix, Edna G. As Aventuras de Vickie: Chácara Doce Mel / Edna G. Felix. – 1. ed. – Curitiba: Appris, 2024. 40 p. : il. color. ; 16 cm. Inclui referências. ISBN 978-65-250-5832-0 1. Literatura infantojuvenil. 2. Animais. 3. Fazendas. 4. Crianças. I. Título. CDD – 028.5

Editora e Livraria Appris Ltda.
Av. Manoel Ribas, 2265 – Mercês
Curitiba/PR – CEP: 80810-002
Tel. (41) 3156 - 4731
www.editoraappris.com.br

Printed in Brazil
Impresso no Brasil

FICHA TÉCNICA

EDITORIAL	Augusto Coelho
	Sara C. de Andrade Coelho
COMITÊ EDITORIAL	Marli Caetano
	Andréa Barbosa Gouveia - UFPR
	Edmeire C. Pereira - UFPR
	Iraneide da Silva - UFC
	Jacques de Lima Ferreira - UP
SUPERVISOR DA PRODUÇÃO	Renata Cristina Lopes Miccelli
PRODUÇÃO EDITORIAL	Daniela Nazario
REVISÃO	Arildo Junior e Sabrina Costa
TRADUÇÃO	Maira Becker de Oliveira Ramos
PROJETO GRÁFICO	Renata Cristina Lopes Miccelli
REVISÃO DE PROVA	Isabela Bastos

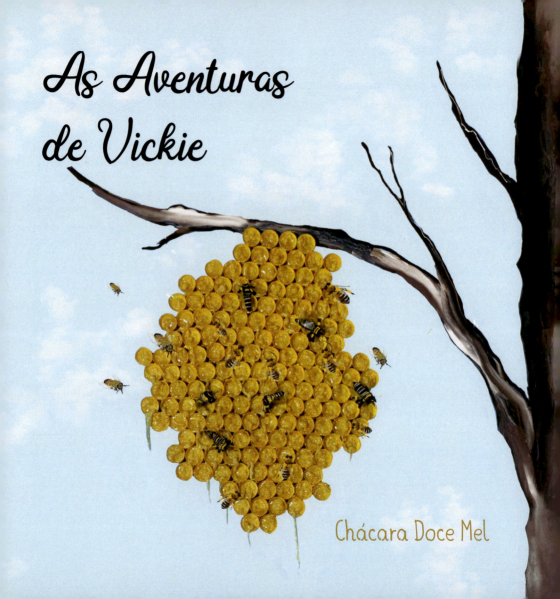

Eu dedico este livro, Chácara Doce Mel, Livro 1 da série "As Aventuras de Vickie", aos meus pais, Aurea e Edegar, que ajudaram a cuidar de Vickie, minha poodle miniatura, quando eu não podia.

Vickie, uma poodle miniatura, mora na Chácara Doce Mel, um lindo lugar com coisas divertidas a se fazer; onde a grama é verde, o rio é transparente como cristal, o sol brilha nas flores e árvores,

e os animais brincam e correm livres. Vickie tem muita diversão e aventuras interessantes na chácara. O que a Vickie mais gosta de fazer? Vamos ver!

A casa principal na chácara é onde os cães passam a maior parte do tempo. Mas dentro de casa não é onde Vickie mais gosta de ficar!

Ela gosta de brincar lá fora e explorar coisas novas. Quem veio brincar? Mas explorar coisas novas não é o que ela mais gosta de fazer!

A casa de festa é onde a diversão acontece. Amigos se reúnem e brincam.

Pegue a bola, Vickie! Mas pegar a bola não é o que ela mais gosta de fazer!

O depósito é usado para guardar cebolas, alho, milho e uma variedade de grãos, dependendo da estação.

A chácara tem diferentes fontes de água e usa meios naturais e tradicionais para coletar água. Água para as casas e para os animais.

A água limpa do riacho é usada para fazer o milho crescer bem grande e saudável. Vickie se diverte muito pulando na água. Pula na água, Vickie! Mas pular na água não é o que ela mais gosta de fazer!

Olha, Vickie, o que há no lago? Os patos passam a maior parte do tempo nadando, chacoalhando suas asas e se refrescando na água. É divertido ver os patinhos entrando na água pela primeira vez. Nadem, nadem, patinhos!

O lago é um lugar divertido para observar pássaros selvagens e peixes.

Vickie gosta de andar de barco, de um lado para outro. Mexe o barco, Vickie! Mas andar de barco não é o que ela mais gosta de fazer!

A chácara é um lugar bonito e relaxante onde a natureza toma conta do lugar. Flores silvestres estão por toda parte. Beija-flores vêm todos os dias pegar néctar das flores. É doce, Vickie?

Pássaros diferentes e coloridos cantam juntos como uma sinfonia nas primeiras e brilhantes horas do amanhecer,

e Vickie anda pela terra das miniaturas. Todas as manhãs Vickie diz olá para os insetos miniatura. Quem está visitando hoje? Mas andar pela terra das miniaturas não é o que ela mais gosta de fazer!

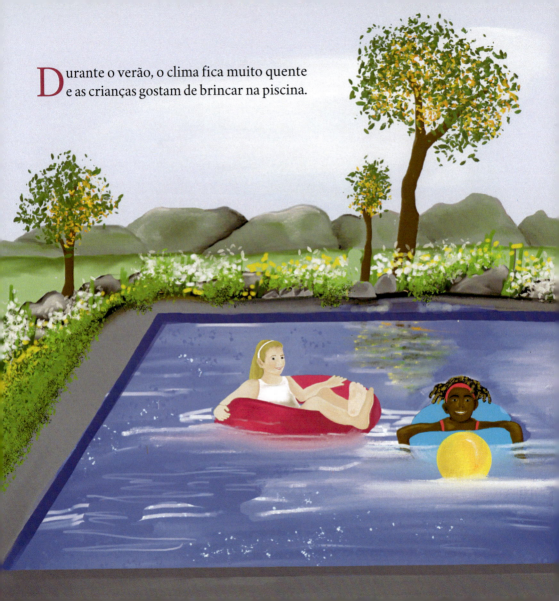

Durante o verão, o clima fica muito quente e as crianças gostam de brincar na piscina.

Vickie tem medo da piscina, embora ela goste de ver as crianças brincando na água. Venha brincar na água, Vickie! Mas ver as crianças brincando na água não é o que ela mais gosta de fazer!

A chácara tem vários caminhos que levam a diferentes lugares com pontes que atravessam riachos, mas Vickie se diverte pulando os riachos. Pule, Vickie, pule!

Na chácara tem vários animais. Um cavalo manso chamado Ruby que gosta de ajudar a puxar as ferramentas para arar a terra e, assim, plantar milho.

À noite, Ruby está livre para socializar com seus amigos, ou simplesmente descansar do trabalho do dia. Hora de dormir, Ruby!

Além de Ruby, três vacas malhadas tiram um tempo para comer a grama no campo. Elas produzem muito leite, que é usado para fazer um delicioso queijo branco caseiro.

Vickie gosta de observar as vacas. Quer um pouco de leite, Vickie? Mas observar as vacas não é o que ela mais gosta de fazer!

Os galos são as aves mais elegantes. Eles se orgulham de si mesmos. Eles gostam de exibir suas penas coloridas e brilhosas às galinhas, para impressioná-las.

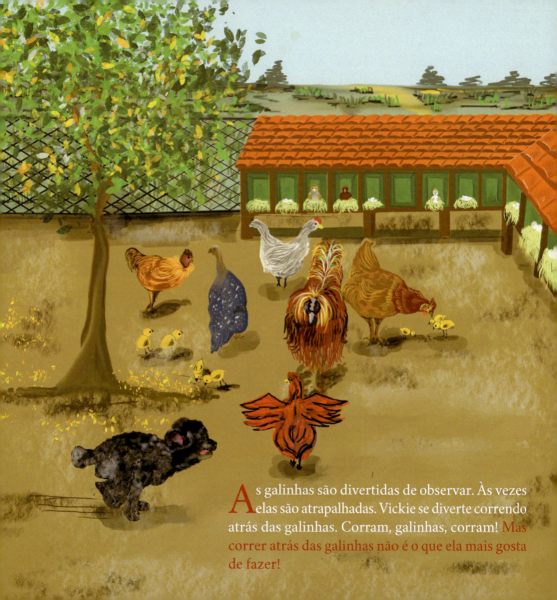

As galinhas são divertidas de observar. Às vezes elas são atrapalhadas. Vickie se diverte correndo atrás das galinhas. Corram, galinhas, corram! Mas correr atrás das galinhas não é o que ela mais gosta de fazer!

Galinhas azuis chamadas galinhas d'angola são uma das atrações da chácara por causa de suas penas azuis brilhantes.

Elas são bem barulhentas e voam baixo e por curtas distâncias. As galinhas d'angola passam a maior parte do tempo fora do galinheiro, mas os cães garantem que à noite elas estejam de volta. Vickie ajuda os cães grandes a perseguir as galinhas. Voltem para o galinheiro, galinhas! Mas perseguir as galinhas não é o que ela mais gosta de fazer!

Os perus são grandes com penas coloridas, cabeças azuis e papos vermelhos.

Eles podem ser barulhentos quando querem. Suas penas são tão brilhantes e reluzentes que brilham no escuro.

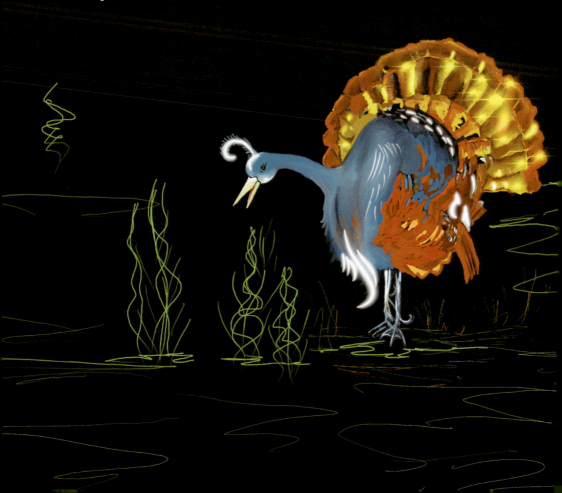

Comer de modo saudável é uma regra na chácara. Vickie gosta de comer ervilhas. Quer algumas cenouras também, Vickie? Mas comer ervilhas e cenouras não é o que ela mais gosta de fazer!

As crianças se divertem colhendo frutas das árvores e enchem suas barrigas. Gostaria de algumas frutas, Vickie?

As crianças gostam de brincar
no parquinho,

e Vickie gosta de rolar na areia. Ela corre bem rápido para frente e para trás e, às vezes, em círculos, enchendo suas patas e pelo de areia, e espalhando areia por toda a parte. Se ela encontra uma bola que possa brincar na areia, é ainda mais divertido. Rolar na areia é o que Vickie mais gosta de fazer!

Esse é o começo das Aventuras de Vickie na *Chácara Doce Mel*.